우산은 오는데 비는 없고

조율 시집

시인동네 시인선 107

조율 시집

우산은 오는데 비는 없고

시인동네

당신은 나의 과거였다.
다녀간 자리엔 수더분한 꽃들이
당신처럼 피곤했다.

2019년 3월
조율

차례

제2부

제1부

마감 뉴스

뉴스에 사망이라고 입력하고 오늘 사망자 이름을 다 더하니 낮이다. 아무 날도 아닌 겨울날이 찾아온다.

여자가 옷감에 바늘을 찌르자 진눈깨비가 내린다. 가마솥에 튀긴 레코드판이 저녁 골목길에 밥 냄새처럼 덮여간다.

이른 마감 뉴스를 듣고 눈을 감는 그가 이른 마감 뉴스였을 줄은 몰랐다. 울음 많은 여자가 문턱에 오르는 것을 싫어하는 남자가 사는 곳은 어디일까, 히말라야 폭설 같은 눈물 쏟을 여자 생각했나보다.

검색대에서 두고 온 단어를 바꿔 읽듯 사망을 사막으로 바꿔 읽는다. 굽은 마음을 지어다 먹는 여자의 사막에서 찬비가 내렸다.

우우, 말 못하는 사막여우처럼 슬프게 울었다.

이달의 거리

우리, 달로 가자. 함께 한 숟갈 깊게 떠먹자.

모험 없이 달큰한 바닐라 아이스크림 같은 방, 차가우면서 뜨거운 그런 참한 방.

봄이면 목련에 필라멘트를 꽂아 전등으로 달고 애들 볼 성인만화 장바구니에 가득 채워 애들처럼 보자. 숟가락 두 개 들고 붙는 거리, 평생 치 눈물은 딱 그 거리만큼만 길고 웃자.

어느 날 젖은 빨래로 오늘의 운명을 단정히 개어놓는 나를 발견하면. 다림질로 다리고 다리다 끝내 깊은 밤하늘의 새까맣게 젖은 바짓단을 다려내자. 굽이굽이 접어놓았던 그 길, 그 신통방통한 다리미로 늘려내자. 아득한 옛집 번지수가 촘촘하게 수놓인 그 가슴께 주머니, 더듬자. 뜨겁고도 지그시 눌러 펴자. 한 손으로 휘어잡아 뽑아버린 코드 놓고 슬프게 도망가는 밤이 와도 이내 돌아올 그 거리.

얼굴에 푸른 기미를 이끼처럼 키우고 골목인지 얼굴인지 모르도록 하루가 다르게 자라다 둥둥 진짜 달처럼 밝고도 컴

캄해지면……

　　그때 나는 당신, 이라는 간판 하나 걸어놓은 이달의 가게주
인처럼.
　　그래 조금은 일찍 불을 켜고.

적도

옥탑방 평상에 앉아 수박에 칼을 찔러 넣는다
수박의 적도 부근쯤이다 지구본으로 따진다면
한 중앙에 에콰도르의 어느 도시 정도가 되겠지
이곳은 뜨거운 열대우림, 곰팡이가 타잔처럼 천장을
오르는 옥탑방, 생각한다, 왜 나에게는 선글라스 끼고
일광욕을 즐기는, 그런 적도가 지나가지 않는가?
눅눅한 근로계약서에 손가락을 빌려줄 때마다
낮은 태양이 양철지붕 위로 더 무겁게 녹아 붙는다
가로줄이 많은, 빈칸이 많은, 적도가 많은
주름진 종이 속에는 엷은 비늘이 숨어 있다
적도를 벗어난 열대어의 서글픈 눈망울이 끔뻑인다
온통 경력자들만의 광고 박스, 열대성 기후
지구의 허리춤을 적도가 점점 조이고, 조여 오면
이거 벨트에 구멍을 하나 더 뚫어야 하나?
난간에 서서 입 안에서 우물거리던 수박씨를 뱉는다
내가 맞히지 못한 뒤통수들은 달동네 엉킨 오르막을
왜 그리 가뿐히 풀어내는가? 수박씨 속에도 적도가
있다던데 그곳은 영영 바람 한 점 없단 말인가?

이천 원짜리 금 간 수박에서, 무너진 신발장
경첩과 경첩 사이에서, 경력과 초보 사이에서 도려낸
적도, 언제나 남은 절반은 절반을 닮아간다
바지랑대를 세워 하늘을 갈라본 적도,
구름을 베어본 적도, 적도 부근에 가본 적도 없지만
바람 잘 날만 있는 이곳은
언제나 바싹 말라가는 무풍지대

우산은 오는데 비는 없고

이를테면 공동묘지 어떤 무덤이나, 오단 서랍장
세 번째 수납 칸 되어, 혹은 비켜간 채널 되어

이제껏 비가 왔던 모든 날들을 수납한다

욱여넣을 문갑 한 칸 찾을 수 없다
당분간 엄마가 아침 드라마를 괜히 끊는다
햇볕 찾아오는 어느 날 가사까지
지어올 리 없다

오늘을 오늘처럼 사는 처세술서
한 권쯤 갈아 마셔야 가늘게 산다
마르지 않은 수많은 어제들 말리느라
건조해져 어제조차 건너올 수 없다

우산은 오는데 비는 없고,
이제부터 당신은 모르는 사람
어제를 닮은 키 큰 플라타너스

마른 잎사귀를 한 걸음 밟는다
부스러기 섬들 다시 돋아나는데

펄펄 우는 폭우에 펼쳐질 나는
무지갯빛 우산, 아직 펑펑 젖은 무덤

우산은 오는데 비는 없고,
사람은 오는데 사랑은 없고

금지된 대낮

대낮이 금지되었습니다
민방위훈련이 시작되었습니다
사이렌이 울리면 우리는 이제 성장하러 갑니다
적막에게 방어 자세를 배우러 갑니다

하늘, 망망대로에 일제히 줄선 벚나무들의 여린 꽃잎들은
두드러기처럼 번져나가고, 사차선 도로가 팔차선이 되도록
옹알이만 반복합니다 물렁한 잇몸 속 숨겨진 이빨이 돋아날
때를 이제야 몸으로 알아챌 때쯤 주류 배달 트럭이 지나갔어
요 우리는 참 얄궂게도 방지턱을 씹었죠 공단 지나는 버스
안에서, 옛날 다리 고가도로를 오르는 택시 안에서, 혹은 저
멀리 멜라스치에나공화국에 남겨둔 망루에서 그렇게 우리는
서로 모르는 척 알아가고, 우리는 사이렌이 우회하는 계약직
찜통 버스 안에 서로 모르는 척 또 모여, 하얀 티셔츠 속 겨드
랑이에 비집고 돋아나는 어린 털은 비밀을 모르고, 데구루루,
우리는 제자리걸음으로 아스팔트 둘둘 말아 요지로 꽂고선
전진 또 전진! 애석하게도 부딪히는데 돌아선 빗물, 우리는
무엇을 수습하고 있나요

\>

공습경보, 우리는 이제 잠시 금지되었습니다

15분의 적막을 따라갑니다 대낮은 우리를 키웠지만

우리는 금지될 필요가 있습니다 온 동네 모퉁이란

모퉁이는 모조리 모아 기어이 파고드는

우리에게는 대낮을 꺼둘 스위치가 필요합니다

뒤죽박죽을 관통하는 사이렌

정당방위입니다 그러나 적막이 풀리면

나는 어디로 가야 하나요

오팔지 바다 바깥 마을들

이런 뢴트겐 사진은 어때요?
자꾸 까먹지 말고 기억하는 것은
깜박이는 속눈썹,
그게 빗물 다 새는 제각각 슬레이트
없고 사는 것이라고

흐르다 새파랗게 질린 그 수평선, 잠시 식혀두는 것은

어쩌지, 밑창이 접지력을 아는 듯 영영
이어지고 이어질 때, 잔물결 물빛이 물무늬
덮어 펼쳐진 오팔지*, 전조등과 눈 맞고 사라지는

바리케이드 여럿,
아주 살살 일렁이는 구김 없는 물살
뒷걸음질 치다가 바스락 구겨도 보고 싶은 바다

오래전, 단내 닮은 그 풍경

>

확 뒤집어엎고 싶은데
전이 잘 부쳐질 때,
붉어지다 못해 컴컴하게 달궈진 프라이팬
그것이 종일 따귀 맞은 우체통이 될 때
흘러가는 거라 괜찮던 가요가 튀겨 오를 때

가끔 남몰래 태업 중인 의자 굴리는
소리와 태엽 소리가 들리는 때

그 물길, 나 없는 기억력이 돌아온대도
또 아무렇지 않은 듯 이 거리를 걸어요

―――――――

＊오팔이나, 빛의 간섭 현상을 연상시키는 사탕 포장지.

낮달 완구점

사거리 꽃 진 사이
안길 듯 걸어볼까
걷다가 뜨겁게 터져버린 7도, 목련 아기 발자국

풍선껌처럼 부풀은 노란 잠수함이 뜨면
번져버린 스마트폰, 금 간 얼굴을 꿰매
세상없는 뜨건 구간 떠올라

어제는 연필깎이가 깎아낸 새끼 톱밥이
투신한 나방으로 고쳐 죽었고
이 동네 가제트들이 채굴해 부서뜨린 지붕
붉은 피망 되어 꼬들꼬들 쟁반에 담겨갔나

포대기를 졸라매는 공중철길, 으스러진 우박 떼
파다닥 폐허를 건너가는 요란한 오후 신호등 속
비틀즈들 쪼갠 웃긴 블록 사이 지나는 퇴근길
동굴 통과자가 한량 일곱, 여덟 량 치치 포 폴,
잘도 돌다가 쾅! 투신된 불꽃놀이

되돌아가나 돌아가나

승강장 좌판, 부채며 선풍기며 까부는 것
말리겠다고 펼친 고방 할머니 옆 지나
간판 몇 개 지나면 점심은 오고
뚝배기 밑바닥 온기 잃은 줄기
끊어진 콩나물 대가리,
굽고 웅크린 할머니 몸이
꼭 이다음 나 같아서……

순환자원 수집가의 도로 끝

끊어진 도마뱀 코드를 들고 찾아온 이름 모를 스티커 소년이 스티커 몇 장만 붙여 달라고 명함을 내민다.

불면의 발바닥 스테이크들
쿵쿵대는 통로에 쭈그려 앉았다가 모르는 눈물을 쏟는 세탁기 아줌마를 다람쥐 통으로 바꿔 달라고 한다.

끊어진 고무호스를 들고 걸어온다. 점 찍힌 공중전화 카드 몇 장을 들고서 그래도 이정표의 무게는 안 재겠다고 걸어온다.

도청의 범주는 어디까지일까 싶어서. 누가 뺏어간 탯줄을 주워올 수 있을까 싶어서. 2–3, 2–4, 까만 밤에 끼익,
크레파스 스크래치 빗금을 치던 사람이 사는 우주인가 싶어서.

찜통더위를 닮은 죽음

창문 마를 날 없던 날들, 기침 한번에
쓰러지는 죽음은 너무 뜨거워서 손쓸 수가 없습니다.
너무 화창하고 더워서 손쓸 수가 없습니다.

맑지만 수심이 너무 깊었거든요.
빠지면 영영 헤어 나오지 못할 것 같았거든요.

지나가는 키 작은 어린 행인의 정수리, 새파란 하늘
무심히 바라보아서 거슬리던 그의 전봇대와
구급차, 핑 돌던 오후였거든요.
안테나 들것에 실려 가던 혼자였거든요.

엎어진 보일러처럼 쏟아지던 졸음 속에
흩뿌려놓은 수만 가지.

이토록 아득한 노래는 듣고 싶지 않아서
시커멓게 태운 보리 사이에
붉은 장미를 꽂습니다.

두더지 소녀 상경기

"뼛속부터 털끝까지 어둠을 빨아먹고 자랐습니다. 전국의 두더지 소녀 중에 촉망받는 몸입니다. 소녀는 이 한 몸 바쳐 발톱 닳도록 굴을 파고 기어이 왔습니다, 시골 두더지의 명예를 걸고 한 상경입니다. 어느 날 아픈 고개를 젖혔더니 유리 밖 첫눈이 안구를 적시는 그런 파이러나 꼬부기는 될 줄 알았죠. 두 손으로 눈꺼풀을 열어요."

파쇄시켜준 내 얼굴이 행운의 스튜디오일 줄 알았어요. 부디 내 얼굴들을 여러 장 깔고 짜장면을 드시진 말아주세요.

자, 이제 소녀는 어찌하란 말이냐?
세상에! 머리를 내밀자마자 받은 게 뭐, 펀치?
펀치로 살림을 차렸다는 말은 뭔가요? 거기에도 달이 뜨나요?
전봇대 위 드럼 연주가가 웃겠네요.

나도 그리 가끔은 내려다봤죠, 그것들은 죄다 편견이 있었죠, 매일매일 흑심공장을 처치하셨나? 한 놈도 아니라 수백 펀치라니! 나는 쓸개돌이란 친구도 압니다.

고이 접으라고, 게임 스타트! 눈을 질끈 감고 튀어 오른다, 아파! 부상이다, 비명도 비즈니스! 왜 때려! 대들수록 뺨빠라 밤 점수판의 숫자는 마구 올라간다. 취업 대문 앞에서 빨리 미끄러진 오빠, 그럼 한 방!

　세 개 천 원, 어묵 파는 아저씨 퉁퉁 불은 손으로 한 방! 어묵 손 발바닥으론 싹싹! 길바닥에 주저앉아 버릇없이 꽥꽥, 울던 꼬마들도 이유 없이 한 방! 팍팍 풀릴 때까지 그럼 또 한 방!

　공원 망루에 뿔뿔이 앉아 굳어버린 우리들은 얼은 손 얼은 발
　깔깔깔 웃으며, 아, 나 단발이었지!

올바른 독서

가능하면 나는,
그 남자에게 나를 잃겠습니다.
환불교환 가능한 백화점 영수증 첨부된
비싸지도 싸지도 않은 선물 대신
아무도 사지 않는, 홍길동 이름씨로 옮아간
그 남자의 푸르뎅뎅한 사랑.
오래전 이사 온 집의 번지수처럼 아득한,
그 남자 등초본 속 이름 한 권 분양받겠습니다.
너덜너덜해질 때까지 남자라고 읽겠습니다.
밑줄을 긋고 페이지를 접으며 남자 이마에
남모르게 천천히 밑줄을 긋고는 킥킥,
그럼 맘 모르는 그 남자 따라 꺽꺽.
읽을 만큼 읽고 또 지치도록 읽겠습니다.
그 남자 가슴 첫 페이지에서 끝 페이지까지,
진부한 머리말에서 당신도 모르는 호적 간기면까지,
혹은 발톱 거스러미에서 정수리 상처까지
이윽고 남자를 다 읽는 그날이 온다면.
그럼 난 그 남자 손 붙잡고 동인천

후미진 헌책방 셔터 앞 어딘가에 내다버리거나
아니면 가장 가난한 헌책들만 사는
책방도 뭣도 아닌 것같이 고요한 난장 지붕 책 집
사립문 열고 들어가 헐값에 팔겠습니다.

먼지 쌓인 감옥에서 누렇게 늙어가는 그 남자,
이제 정말 사 가지 않는 그 남자,
염소 밥으로는 너무 낡아버린 그 남자.
누군가의 한때였던 아련한 표정으로 아침을 맞고.
몸속 은밀한 어딘가에 바싹 말라비틀어진
네잎클로버를 부적처럼 품으려 행운을 기다리다가
당첨된 로또번호처럼 그 남자,
마침내 알 수 없이
죽으면.
가능하면 문상은 가지 않겠습니다.

번지

남들의 도시 나 모르는 골목,
자꾸만 숨이 헐떡이다 동동 구르는 언덕.
그래서 생각나다 마네.

나 그 아네,
네모나게 등 접고 납골아파트에 들어간 사람.
그는 그곳의 점등인, 성장 멈춘 어린 왕자.

다려놓은 연노랑 하늘 밖 천장에서는
흙비가 내릴까. 현관 없는 유리문
액자 속 모서리가 판박이처럼 늙어가는 곳.

발정 난 고양이는 밤새 골목을
싸돌아다니며 가르릉거릴 테지.
히야신스는 줄기 댈 지지대를 달라며 쓰러지겠지.

동판으로 찍어낸 하늘에 구름 한 점만
좀 더 쓰리다 갔으면 하듯 번지네.

입춘에 폭설이 가난한 지붕을 덮쳤지만
아침에 뜬 눈에 변한 것 없었다.

그대로였다.

사과기계로 동그랗게 깎아낸 쟁반

그가 사랑한 할머니 이름처럼 번지다 가는 묵화.

흩어짐의 둘레

가로등 한 뭉치를 베어다 투명한 책장에 심는다
책장거리 안쪽 길 누가 꼬집어놓은 책등
그 좁디좁은 등판, 빽빽이 욱여 붙은 거기,
글씨에 불 켜는 사람 안다

진열된 가로등에 차가운
이름 몇 자 어슷하게 슬어놓고

죽은 사람 몇 명 배달하듯 퍼런
새벽 철문을 닫는다
나에게도 갈아치운 이불들이
단판처럼 굳어 둘둘 말린 그루터기로
박히는 날이 찾아올 것을 알 듯

어느 숲들은 매일같이 단련되며 제 둘레의 근육을 키운다

휘어진 책 속에 종이인형을 찔러 넣고
어딘가에 실 핀을 놓치고 짤랑,

서늘한 한 모금 마신다 눈 속으로 집이 쏟아진다

창문 옆 책장 옆 창틀엔 오렌지 불빛이 빗질하며
새어들다 가고

우두커니 선 초록 먹통·우체부 귀면각*이 단추를
여미며 하늘 독식하듯 제 얼굴 가린다

어떤 집 옥상 선인장은 남몰래 육중한 중절모를 씌워 어둔
밤을 켠다는 것을 안다

와르르 울음이 쏟아낸 그림자 삼켜먹은 밤,
육개장 냄새, 닮은 죽음이 채워 넣은
말랑한 장작가지가 몇 밤이면 다시 돋아날까…… 세는
흙빛 하루가 더 간다

아픈 손등에 새겨놓은 능선, 링겔대에 걸어둔
뾰족한 종탑을 찔러 넣으면 닮은 것들은

모조리 도로의 옹이가 되고

몇백 년 압축한 하루로 끊어진 전봇대로도 살고……
그 복판 어디께 식당 골목 시궁창에도 흩뿌리듯
가지런히도 쏟아진 손바닥만 한 가시 무덤 하나,

달아나는 온기가 제 둘레에 부표만 한 온점을 찍는다

---

*귀면각: 기둥선인장의 한 종류.

형광등

팬티를 입은 여자가 불을 켠다. 그곳은 모두가 맨몸으로도 잘살고 있다. 탈의실 천장에 매달린 정강이뼈 몇 개가 절뚝이며 걷는다. 여기 누가 뜨거운 모닥불을 피워 올려 뼈마디를 태우다 말았을까? 정강이뼈 양쪽 끝이 새까맣게 그을었다. 여자는 매일 아침 눈을 가늘게 뜨고 천장의 걸어가는 한쪽 다리를 바라본다. 어느 발로 걸어야 할지 도통 몰라, 점등관은 한참 끔뻑이다 불을 밝혔을 것이다.

욕탕 속으로 사람들이 한 무더기씩 몇 번을 들락거린다. 수증기 사이에서 그녀가 물 끼얹는 소리를 내면 플라스틱 침대에 한 사람씩 눕히고 끼운다. 엎치락뒤치락 깜빡이던 사람이 차근차근 환하게 빛난다. 목욕탕 천장에 방울방울 맺힌 그녀의 땀이 눈꺼풀에 떨어질 때쯤, 뜨거운 김이 피어오른다. 한바탕 나가고 지글지글 형광등 끓는 소리가 점점 크게 들려와도 아랑곳하지 않는다. 여자는 살갗이 일그러진 무릎에 수건더미를 얹어놓고 일일 드라마를 본다. 텅 빈 욕탕 문을 잠그고 나와 스위치를 내린다. 컴컴한 탈의실 안에서 그녀의 뼈마디도 희미하게 빛난다.

도채비* 에이드

내 나이 일흔
거참 조금 쓰면서
상큼하게 씹히는 사람
닮은 알갱이 같은 것이 그리울 때가 있지요.
플라스틱 어항에 빨대를 꽂아요,
아님 자몽을 썰어 쿨쿨 재워요.
투명한 잔에 꽉꽉 터지는 것들이
헤엄치며 청량하게 이 악물고 싸우는 사이
아끼며 키우던 눈도 안 뜬 금붕어
새끼의 새끼들이 그 여린 심장으로
다리도 없이 건너간 그곳은 어디였나요.
그게 나라고 생각해보다가
상큼한 표정으로 훅, 빨아들이는 거예요.
세 바다가 한 컵의 에이드,
농담처럼 톡톡 터지는 땅들이!
톡톡 터지는 시큼쌉쌀한
입말 같은 곳들이 있나요.
어느 놀이동산 자몽에이드

맛있게 타 주는 카페에 앉아서 웃어요.
깔깔거리며 터지는 기포, 흑백사진
한 장에 팔팔 터지듯 닮은
세계로, 사라진 것들의 시계에는
헐자리 터진 나침반이 살아요.
살고 싶어서 더 멀리 도망가다
다투던 알갱이들이었을까요?
무슨 에이드가 이리도 쓰나요.
그저 씁쓸한 에이드 맛 아는 스물둘.
얼른 쭉쭉 다 들이켜 마시고
나서는 하굣길, 고운 얼굴로
톡 까느라 리본이 풀린 줄도 모르고
하차 찍고 파우치를 뒤적이는
오후 네 시, 우루루루 모여 폼 사러 가요.

_____

*도채비: 도깨비의 방언.

가위

문득 거울 속에 떠오른 얼굴이 너무 익숙해
기괴해지는 날들이 오면 주방가위 꺼내 드세요
허공을 향해 무시무시한 날을 드세요
오래된 장작더미 베어내는 척,
묵은지 꽁다리 삼킨 척 볼 때마다
바뀐 번호를 새로 묻는 우리는 격자무늬
기록적 폭우 속에 묻혀 멀어진 사랑을 체크해요

미뤄놓은 약속, 눈웃음으로 때운 한 끼,
먹지도 않을 당신들의 수많은 공깃돌들을
도로 밥통에 담으면서 잘라요
도마를 내버려두고 엄지와 검지를 세워두고
나머지는 무릎을 꿇기고 그 뭉뚝하고
살갗 둘을 붙였다 떼면서 핑퐁, 하고 잘라요

오늘은 또 무엇을 잘라낼까 세운 손가락들이
심심하다고 이토록 우는데 어때요,
바로 오늘이에요, 어제가 오면

내일이 가고 날마다 오늘이라
우기고 사는 오늘. 어설퍼서 지겨운 봄!
오늘은 오늘이라서 선수 치듯 달아나요.
식탁 위에 뚝뚝 떨어진 앞머리를 꾹꾹 눌러
흔적을 지워내는 호신술을 아나요
오려낸 날짜를 아나요

풀어헤친 넥타이와 머리 위에
흩날리는 머리카락 몇 올
모두 그대론데, 두 눈 동그랗게
치켜뜨고 아무것도 할 수 없어
주먹을 주던 보자기를 주던
선택의 여지없이 그저 눌리는 가위
날마다 무서운 날로 내가 날 세운 날들 자르며
아 삼월! 새파란 날에 온몸 베이러
대문을 열어 보세요
자, 가위 드세요
자목련 뒤 노란 배꼽 달 오려 보세요

몽상가들

저무는 낮의 끝을 본 적이 있는가?
호미를 들고 갯바닥을 파헤치는 몽상가들로
북새통을 이루는 낮의 가장자리, 포구에
유목의 끈을 놓은 고매한 몽상가들!
깊이 눌러쓴 챙 넓은 모자 사이로
멀어진 얼굴들을 등지고 몽골조개를 캔다
발목이 푹푹 잠기는 몽상가들은
물먹은 달을 채굴하다가 몽니 부리는 법도 잊었다
잊는다는 것은 한없이 깊어지는 것이라고
몽고를 잊었다, 말을 잃은 것만 같았다
유목 시절에는 평원을 달렸다는 발굽이
달리고 달리다 보니 몽상이 되었다는 소리
마른 땅바닥이 점점 질퍽해지고 발목이 빠져
더 이상 움직일 수 없었다는 이야기
조개 자루가 팽팽히 부풀어 가고 날은 저물었다
진흙은 수평선을 한 땀씩 지워냈고
몽상가들의 온몸엔 암흑이 몽고반점처럼
붉은 등대의 등허리에는 어둠이 앉았고

이랴, 몽고로 갔을까 어디로 갔을까

시커먼 농담으로 지어낸 말

지워진 펄과 지워진 수평선과 갈매기 눈썹들

매립된 평수에 운동화를 내던지고 퇴장하고 간

거대한 목구멍, 검은 커튼 자락에 붙은 커튼 술 포말들

천천히 막을 올렸다가 내리기를 반복하겠다

텅 빈 객석, 철썩거리는 박수 소리 끊이지 않겠다

진흙을 씻어내느라 흠씬 젖은 작업복을 말리느라

커튼콜은 하지 않겠다, 그래도 적막하진 않겠다

저무는 낮의 막을 내리는 몽상가들을 본 적 있는가?

호미를 든 몽상가들과 검게 엎드린 갯벌이

지구의 거대한 몽고반점 같다

말에서부터 자유로운, 그런 침묵의 푸른 얼룩

빙점, 산비둘기 시계를 안을 루하*에게

고단하지 않으려고
고단해져 그러면 내가 탄 얼음판은 기타 피크만 한 비행접
시로 녹아들고 있다고 해야 하나.

증발된 해무가 물안개로 물안개가 안개구름으로 줄넘기 무
덤을 만드는 동안.

꿈을 꿨지,
조금은 수척해졌지. 디딤돌 같은 것을 걷어차며 키가 컸지.

어느 날 거울에게는 결막염도 고백을 한다고 찾아오겠지.
한참을 들여다보겠지,
없던 털이 할미꽃처럼 자라고.
거둬낸 염전 소금덩이 바깥,
그러니까 도망간 도마뱀 속눈썹이라고 해야 하나.
호호백발 물방울 털어내니 눈부신 새벽바람이 되고.
한동안의 장래희망은 이토록이 되는 것이야.

떼어낼 것도 없던, 알갱이였을 때 아니 알갱이 이전이었을
어느 날 하루만.

나는 그대라는 말보단 그래라는 말이 좋아서,
사실은 그런 날에 너랑 날뛰고 싶어서.
아니, 울타리였으면 좋겠다.
아니, 세려는 것이 터져버렸으면 좋겠다.

눈곱이 아니라 예고편처럼 찾아온다면 좋겠다.
너는 왜 응을 여러 번씩 하니.
응은 또 왜 웅이 되니.

오늘은 이만, 아니 나도 오늘은 오늘이라서.

_____

*루하: 하루를 반대로 읽는 말.

블루 직소퍼즐

어느새 유물이 된 말이네
'단단한 침묵' 그건 너무 후진 말
유물을 가둬두는 말은
투명한 상자였으면 좋겠어
수치 없는 하늘도 집어넣고
하늘을 쓰는 나무도 매달아 심고
푸른 구름도 띄우고선
네 말이 맞아
바보야, 너도 예방주사를 맞았어야지

구부러진 구름

내 영혼은 고속도로
공중전화 앞을 뻔질나게 다녀요
정체를 알 리 없죠
그런 나를 귀신이라 부른다면
스파게티 면 사이로 손을 그득히 넣고
미끄러져 나가는 것들에 대해 생각하죠
내 체온을 감싸는 것은 결국엔
궤적을 벗어나 헐벗어버린
큰 달도 아니죠
부러지면 또 깎아올 막대기를
거꾸로 찍으며
그저

공휴

에스컬레이터로 올라가는 천장.
잘 구겨지지도 않는 달력 2주 차 위로 그어진
좁고 긴 구름의 골목.

힘쓴 엄지와 검지 그 지문들 사이
꽉 접히려고 얹혀 끼어든 스노지.

그 거대한 한 장을 찢어낸 듯
동강 잘라놓은 열차를 탔고 계단을 걸었습니다.
오르는 줄도 모르게 걷고 있을 때
나는 스칩니다, 주간신문 돌아가듯 고백하듯
앓아낸 내가 해치워버린 헤드라인, 속으로 읊습니다.
허물처럼 제쳐 벗어 놔두고 온 집.
오늘 나는, 검사하던 또 나만 붉던 일기장
생각에 집집마다 마음으로만 웃기떡을 돌렸고.
멥쌀가루 반죽에 서로 물들였다 말했고.
핑계 대는 손 무덤을 이마에 얹고 햇볕을
한 무더기 파내듯 가렸습니다.

오래 묵어서 쉬어터진 어느 시절의
매지구름에게 안부를 물었습니다.

문득 달칵 하고 내려간 차단기.
까만 밤을 기억하던 투명한 어린 밀물이 울컥
쏟아지던 날에는 삶의 잡화점들 입구에 계단에
마감 바리케이드를 서둘러 몰아놓고 화끈지끈.
나는 그저 약속된 숫자가 되기로 합니다.
달력에 내어준 단칸방이라면 너무 좁고
빽빽한데 내일 모레 글피라면 또 좁지도 않을
둘둘 말렸다가도 크게 걸릴 단층 아파트 몇 단지.
같은 크기의 단칸을 받은 듯 오늘을 살러 갑니다.
나 모르게 손에 들린 둘둘 말린 원통 하나.

황금맨발의 사랑

본다는 건 그린다는 것일까요?
그 집 화분에도 꽃이 필까요
뚫린 지붕의 복판, 가닥의 늙은 피부
명치께 디딜판에서 튀어 올랐나요
그 바닥 벽에는 황금맨발들이 살아요
봐주던 눈동자 바깥으로 뽑힌 깃털과
활자의 얼룩으로 한 끼를 먹어요
깨진 손톱달을 주워 맞추고 갈라진
빈틈을 개구리 등짝으로 쓰리게 메워요
때워 말하면 퍼커시브의 둔탁한
파열음을 듣고 싶지 않단 말이죠
끽소리가 좋은 사람도 있단 소리죠
교대에서 교각으로 꼭대기에서 교각으로
뜯고 켜고 오르내리는 계절에 컵라면이 없나요?
오가던 것을 멈출 공중에 새카맣게 눈뜰
해바라기 씨앗들이 지금도 고개를 떨궈요
캄캄한 눈물 받아먹으며 나 살아요
물줄기는 켜켜이 얼어붙다 조각이 나겠죠

이 우주의 우물에 종이 양말을 만들어줄래요?
다 듣고 있어요, 슬픔이 녹기를 기다리며
그거면 충분해요, 띄어낸 열 밤 스무 밤
매일매일 밤은 아직도 제대로 가동되는데
아시나요, 수십 미터 아래엔 보리밭 헤집던
콩알 심장 오리도 사는데 그어놓은 밑줄에
받아 적은 말을 다시 지워내는데
네, 나도 태어났어요
그렇게 볼 수 있어요

빗물누각

자정이 한낮까지 깜빡이다 번져버린 날을
흐린 날이라 부르기로 한다.

먹장구름 아래서 취한 우산 떼들이 아이 걸음마 뗀다.
다락다락 대더니 금세 사라진 각각의 우산들.

창문을 사방으로 젖혀 열고 누각에 선다.
빗줄기들이 펄펄 끓는 기름에 오싹하게
튀겨진다, 어두침침하던 한때 통과했던 소리

들린다.
유유히 구름 지나고, 소나기 지나고
아무렇지 않게 돌아오는 번한 계절들.
비웃듯, 일없이 알록진 우산 개수를 센다.
삶이란 끝끝내 색맹 테스트.

그느르는 세기가 곧 마중 올 걸 모르듯.
여름내 한철 뜨겁던 물줄기 수백을 꺾어다가

찢어진 지붕 하나 얹고 또, 섰다.

비 오네, 쏟아지는 바늘 떼.

열매들의 반란

열매라는 말에는 씨가 있어, 나 그 씨에게
로프를 달고 바구니 달아, 아치를 젖히고!

높게 떠오르면 보이는 침보라소산*의 만년 백화점. 군침 도
는 생크림 꼭대기를 홀랑 백화만발 꺾어 먹고 트램펄린에 엉
덩방아를 찧고, 다시 다리를 쫙 찢어.

뽀드득, 정글짐에 매달리는 체 지나치다 수백 밤을 놓쳤지.
멀리뛰기를 하는 작은 달들에서 키드득, 웃는 케이크들.

콩 주머니 던지던 아줌마 아저씨들처럼 떨어지는 시커먼
밤에게 더 큰 달을 달아줘 볼래? 모잠비크 두 동강 난 바오바
브나무에서 쩍, 슬픈 색종이들은 터진 박을 떠나 타국말 담
을 채비에 휘갈겨지고

엄마와 이모와 내가 네모난 오븐에 얼굴 대고 구워지다 건
포도 한 줌 키워낸 그 케이크!

부풀리고 썰어낸 네모들, 어느 백 층짜리 집 꼭대기 층에 그 여자 셋은 어귀와 말귀와 방귀였노라고 독백하며 웃었네.

나, 셋이라는 말에 톱니바퀴를 매달아.

구십구 년 그리고 어느덧 일 년 전과 며칠 전을 견디다 식량 으로 발견된 남극의 과일 케이크를 아는 것만 같아서, 쿰쿰한 벽, 데우지도 않고 씹은 굳은 인절미에 악무네. 악물 그, 이를 걱정하는 부엌 문 채워 들어오는 저녁놀.

철렁한 배 구석에서, 열매, 하나 꼬집어 입에 물었네. 퍼지 는 과즙, 밤은 새하얗게 세어가고 뭐 하나 꼭 찢어질 것만 같 은데, 벌건 눈시울 같은 피범벅 땅에 총총 박힌 그 많은 눈동 자들이……
첨벙 울었어, 그날이라는 말에 전세 냈느냐고
괜스레 중얼거리며.

따귀들

얼마나 많이 따귀를 맞았나요
사라진 한 뺨 단풍 잎사귀 물이 드네요
여태껏 누구에게 물들었나요 누구를
물들었나요, 나는 두 뺨은 더 생각해요
오래전 나보다 잘 나가는 진희라는 친구가
떼먹은 돈 몇 푼에 절교한다며 때린 따귀와
나 몰래 바람난 남자애에게 후려친 따귀,
따귀가 따귀를 만나는 간격이 멀어질 때마다
귀뺨은 한 뼘씩 자라나며, 얼얼하게 붉어졌지요

적은 언제나 내 몸속에 자리한 해안의 따귀를
철썩, 후리는 파도처럼 밀려왔다가 빠져나가는 거예요
따귀를 맞는 기분이란 두 뺨이 새빨갛게 타오르기를
기다리는 단풍나무의 청춘처럼 마구 들끓는 것이기를
욕설은 따귀를 낳고 따귀는 멱살을 낳겠죠
멱살은 멱살의 머리채를 잡고 뜯긴
한 움큼의 원수를 낳기도 했을까요

난 몰라요 모르는 일이에요, 몰랐던 일이에요
어린 따귀가 늙은 따귀에게 말을 거는
뜨겁고 고독한 땅 어디 없나요
따귀를 때린다는 것은 원수의 적막 속에다가
울음소리를 새겨 넣는 일이었을 거예요
적을 잠깐만 화끈하게 사랑하는 일이었을지도 모르죠
뺨에 달라붙어 뜨거워지는 따귀가 그리워질 때 있겠죠
궁금한 것도 많지요 따귀들, 따귀들
먼 땅으로 가서 제대로 뜨겁다 오면 어떨까요

서어나무숲

울퉁불퉁한 근육 나무 서어나무 이어진 가지들, 작업복 걸쳐 입고 쥔 푸른 잎 몇 장이냐, 얼굴은 가량가량. 키 큰 것들 중에 그 동네 서어나무 무리만 한 게 없지. 풍경화에 작은 면봉 되어볼래?

저 하늘은 아무래도 노인정이야 온갖 구름들 즐비한 날엔 투명해지며 울 것만 같다고. 강 몇 개 건너 예수쟁이 집 기제사 시제사에 얼굴에 이끼까지 키우던 여자가 딸애 손잡고 걷던 길.

개밥 같은 어느 간판 이름은 우스워서 불태워 지우지도 않았는데 이백 년은 가고…… 우유 투입구에 잘린 손바닥들이 바싹하게 나뒹구는 그늘, 딸애가 발자국 밟은 그 손에 뻥튀기 하나.

팔 두른 숲이 하루를 달래고……
오늘은 하늘이 무겁나? 먹먹하던 것이 오열을 하네.

느닷없이 작달비라도 내릴라 치면 졸여진 콩자반 새끼, 새파란 하늘에 우박으로 초가삼간 만드나.

나무 몸에 굳은살 옹이가 박였나, 뻣뻣해진 팔뚝에 매달린 잎사귀 떨어질 때마다 아무도 모르게 뿌리를 꿈틀거렸을 거라고. 멀쩡한 며칠처럼 나뒹구는 군소리……

저 멀리
지네가 집으로 돌아가는 소리.

순

나 당신의 한 시절을 사랑했던 사람
그 시절 우리는 제각각의 네모난 상자
어쩌면 불태워버릴 사랑
그 속에 훔쳐간 새파란 낙엽 따위가
나에겐 언 호수 위를 지난 발자국
돌아선 수학자에게 남겨진 철학자의 인장
그 섬, 미로 바깥
울타리 안쪽 두 블록짜리
샛길 그 어딘가를
따라가듯
푸른 밭에 얹힌
회백색 부채지붕과
여름이면 시원할
문턱

그 앞에 가장 아름다운 여름날에도
예뻤던 순이 씨

제2부

멜라스치에나공화국

장난감 병정들이 얼굴을 질근질근 밟아줬으면 좋겠어

밟은 땅마다 새하얀 전등이 켜졌으면 좋겠어

아니 목련꽃 냄새가 났으면 어떨까

그것이 우리의 분위기라고

알아챘으면 좋겠어

밝고 밝아서 어린 풀들은 없었으면 좋겠어

저기 먼 곳 간 할아버지가 풀 뽑는 바닥이 내 얼굴이었음 좋

겠어

할아버지 누운 봉긋한 그곳이 내 이마였으면 좋겠어

내 얼굴에 쑥을 뽑아서

쑥버무리 함께해 먹을 사람 찾아왔으면 좋겠어

배춧잎 문대도 돌아오지 않는 내 얼굴에

가없이 불을 켜줬으면 좋겠어

입학

나 빨간 부적 속에 갇혔다.
후미진 골목 싸구려 선짓국처럼 살아있다.
창밖 서양화 한 점으로도 산다.
원두를 우유에 말아 먹고
부스러지는 새카만 마스카라 알갱이 후후 불며
밤바다를 마시는 쨍쨍한 오후!

생떼를 달래는 법은 사케 라토 한잔, 한낮.

나, 가는 길 몰라도 괜스레 휘휘 너무 오래 젓는
동그란 파문에 당신을 놓쳤고. 나 도자기로
빚어 만든 컵 모양 괜찮으냐 묻는 저녁은 우우웅,
커피머신 놈이 굵직한 대답하기도 하네.

성난 사이프러스 나뭇가지와 잎과,
생각에도 없던 테라스. 경적도 경고도 없이
그저 빨갛게 물든 바탕 마티스의 정물로 굳는 심장과
흐물거리는 풍경은…… 지워져 가.

>

정금 같은 실버냐 묻지 않는 너의 태업
남몰래 내가 만든 수많은 토끼풀
반지와 수풀 같은 사랑들.

불두화가 피웠다

마당에 가득한 흰 수국, 짓고 있는 밥 냄새
앙상한 가지에 밥알들이 주먹처럼 뭉쳐 있곤 했다

어머니는 부엌에 서서 손바닥에 불두화를 키웠다
그 위에서 미끄러진 밥알 두어 개 떼어와
아버지께 보낼 편지봉투의 주둥이에 밥알을 발랐다
지문에 질퍽하게 뭉개진 가난이 화사했다
쟁반에 담긴 주먹밥을 힐끗 보고는
나는 하루 종일 문턱처럼 꼼짝하지 않았다
나는 세상에서 가장 웅장한 내가 될 테다

어머니가 밤새 돌리는 재봉틀 위에서
활짝 핀 백열등도 주먹밥처럼 맛있을까, 생각하다가
나는 불두화를 몰래 한입 베어 먹고는
입가에 묻은 꽃잎을 어머니에게 들킬까 걱정했다
아버지는 얇은 가지 끝으로 있는 힘 다해
꽃숭어리를 부풀렸던 것일까?

입가를 닦고 편지봉투처럼 입을 꼭 다물었다
어머니는 해가 다 저물어 가도 좀처럼
나오지 않았고 꽃은 명치끝에서 피었다 졌다
마당의 불두화 누렇게 상해 갈 무렵, 불 켜진 한자리
봉제공장의 졸린 수국이 밤늦도록 꺼지지 않았고
꽃잎을 주워 담은 아랫입술이 도톰히 부풀어 올랐다

덩이

가슴으로 울어봤을까, 감자에도 발이 있다면 그래서 발가
락 사이에 입자 고운 흙덩이가 끼어 있다면 내가 서 있는 이
곳은 수만 개의 알을 품은, 또는 감자를 밴 고래, 이빨 없는
상어 같아서.

나에게 발이 없다면 발 없는 나 대신 발자국을 수집하려는
땅이 묵묵히 제 몸을 내어주는 거라면 이곳은 수많은 발을 품
은 지적도(地籍圖)를 펼치며 걸었던 거리에서 소리쳤네, 주무
르지 않아서라고 함부로 말하지 말아 달라고.
내리밟은 비밀들은 진단서의 지층 속에 묻혀 외래 거리에
서 접힌 채로 재빠르게 압사되었어. 움푹 꺼진 내 가슴 마당
을 메워가는 동안 땅은 아무 말도 하지 않았지 제 몸속에 알
이 굵은 혹은 암 덩이 감자가 홍채의 핏줄을 키워갔지 바깥을
올려볼 때마다 지천에 걸린 것들이 모두 눈알 같은 기분이었
지.

소문은 씨알이 굵었지. 사람들은 그녀의 몸속에 감자 농사
를 짓기 시작했지. 하, 뱅뱅 돌려 정말로 아프게도 수군거렸

지. 여자들은 날마다 침묵을 한 구덩이씩 팠지. 그리고 제 몸 속에 감자알만 한 혹을 키웠지. 깊게 더 깊숙이 지층의 끝이 보이는 지구의 끝이 보이는 밑바닥까지 내려갔지.

이윽고 새까맣게 탄 감자처럼 굳어버린 몸, 이불 속에 화석만 남기고 침묵 속으로 떠난 여자들도, 나는 숱하게 보았지. 평평하게 퍼진 침묵 위로 두드러기같이 솟은 무덤들, 할 말을 묻어둔 채 천장만 바라보다 함께 간 처진 가슴 옆 옴팡집.
나는 내게 말했지 깊은 밑바닥에 누워서 보이는 게 있다면 그건 바로 천장뿐이라고, 침묵을 내리밟았지.
세상에서 제일 독한 감자를 캐낸 그 동그랗고 좁던 무덤.
뜨겁게 점화되고 남은 그 자리의 가슴으로
보이지 않던 것들이 읽어내기 시작했어.

입양할 아침

그녀의 자전거 바퀴는 달이야, 페달을 힘껏 밟으며 올라간
그녀의 달력에는 빨간 날이 돌아와. 바퀴 크기도 맞지 않는
지구와 달에 억지로 체인을 감고선 귀퉁이가 일그러진 우유
를 벌컥벌컥 마셔. 달거리마저 잊어버릴 것 같도록 시간은 펑
펑 흘러버렸지. 달력 그림 속에 갇힌, 온통 붉게 하혈하는 능
선과 능선 사이, 골과 골의 사이, 바싹 마르고 붉은 잎들이 흩
날렸다네. 페달을 더 힘껏 밟을수록 가늘고 긴 목덜미, 뜨개
질한 목도리로 입술까지 칭칭 더 세게 휘감았어. 토라진 상처
와 복제된 마스크들 히잡 둘러야 할 지경으로 따스하네. 더
는 그 예쁜 노을을 쏟지 못할까봐. 뒷자리 차가운 쇠붙이 안
장에 콩알 눈을 깜빡이는 핏덩이 해를 싣고 또다시 발을 굴
렸었네. 아빠도 없이 홀로 애태우며 하루하루 두 손에 누가
버린 쓰레기 주워 버리면 불타는 석양. 그녀도 매달 말일이
되면 고지서 뭉치를 넘겼을 거야, 온종일 국자를 들고 유출
된 구름을 떠내다가 날짜를 넘기고 달력 종이를 넘겨 못에 걸
지 못한 날도 있었네. 그녀와 달의 거리는 그렇게 좁혀지는
동안 기미가 얼굴의 그늘이 되어 달의 바다처럼 번져나갔어.
자전거 페달을 돌리는 그녀, 다시 지구 한 바퀴를 돌 때마다

배달하는 우유 한 갑이 크게 울었네. 달은 점점 무거워지고,
그녀 뱃속의 자전거 바퀴가 힘차게 돌아가고 있어.

파랑은 나의 힘

이것은 청바지 속에서 일어나는 이야기,
저 질기고 푸른 살갗을 뜯어내 멍든 자국이지
거꾸로 뒤집어 입은 실밥 많은 속살,
고루고루 염색된 상처의 뒷면,
누군가가 엉큼하게 손을 밀어 넣어 꿰매줬으면!
불을 켜고 들어오는 손아귀만큼의 자리,
이것을 몽고반점이라고 놀려도 괜찮아
곰팡내 풍기며 상쾌하게 발효되어 가는
막장 탄광 닮은 좁고 긴 이것은
파란 골목, 그 끝에 가면
기름때 묻은 청바지가 벗어젖힌 하늘이 있지
빨갛고 진솔한 유년의 엉덩이가 까발려질 때까지
지평선 한가운데를 쩍 갈라서
저 푸른 내 청춘에게 지퍼를 달아주고 싶어
허벅지며 엉덩이며 낑낑 눌러 쇠단추를 채우는
이것은 새파랗게 찢어낸 청순 보고서,
이것은 나 없을 때 허물만 남은
새파란 청춘들의 이야기

숙자 씨가 왔다 간다

밥상보 씌워진 텔레비전, 자투리 천을 엮어 만든 조각보. 방 안에 덩그러니 놓여 홀로 그 밤을 지키는 칼라바.

숙자 씨는 전파를 삼킨 목소리를 들어야 잠에 들었대요. 숙자 씨는 토막말이 힘들대요, 어느 동네 소음에 익숙해진 괜찮은 귀를 가진 숙자였대요. 밥상보 덮인 바보를 틀어놔야 잠에 들었대요.

싸구려 가방을 반듯하게 대각선으로 맞춰 메야 가슴이 차분해지고, 곧 죽어도 꽃구경은 가야 했대요. 혹시 방송국의 직원도 밤새 재봉틀을 돌려 오색 화면조정 무늬를 새기냐고, 그도 자기처럼 밑실이 자꾸만 엉키냐고, 혼자서 묻고 또 물었대요.

꼭꼭 걸어 잠근 창문 안으론 달빛도 새어들 수 없으니 오색 빛깔, 큰맘 먹고 산 야광별 달은 우주에 오로라를 토해달라고 무채색으로 드러누운 나를 은은하게 비쳐달라고 말해요.

어머니도 있고, 아버지도 있고, 대학 간 누나도 있고. 영영 깨기 싫은 꿈, 와장창 깨버려야 하는 꿈. 19인치의 사각 얼굴의 두꺼운 목울대가 뿜는 오늘의 클래식, 이름은 몰라도 우아한 숙자 씨를 닮은 홀쭉한 허리춤을 오늘도 반기는 그 상자. 부표를 쥐고 흐르는 CM송에 꽉 찬 얼굴에도 주름이 진다죠. 그 수심 속엔 심장 잃은 물고기들이 떼 지어 살아요.

　오늘은 기분이 안 좋아요, 밑반찬 좀 더 주시고, 화면을 밥상보로 확 덮어주세요. 잠꼬대를 하던 밤에도 아무 낮에도 옷에 붙은 실밥은 아무 때나 떼지 않겠노라고 잔업수당 안 맞아도 안테나를 세우지 않겠노라고 가볍게 맹세했대요.

　고운 치맛자락이 되지 못한 나와 방 노려보며 브라운관에 재봉틀 바늘을 쿡! 찔러 넣으면 앵커는 서둘러 밤 뉴스를 끝냈고, 노루 발밑으로 천 자락을 와락 잡아당기면 뉴스가 낮밤을 펄펄 앓아대며 신음했죠. 다시 드르륵!

　앵커와 패널이 정책의 예산을 계산하는 동안 숙자 씨는 랩

스커트 밑단 한번 잡을 어떤 낮과 어려운 사랑을 계산만 했
대요. 적막한 밥상보를 걷을 줄을 몰라 시다에서 본봉까지 텔
레비전을 먼저 재울 수 없었대요.

　내가 퇴근하는 밤마다 식탁에 밥그릇 없이 마주앉아 숙자
를 데려오는 엄마, 어머니의 이야기도 아니고 결국 이건 분명
엄마 친구 숙자의 이야기였다는데요.

레코드판

다락방을 정리하다가 보았어
낡은 인켈 전축, 턴테이블은 사라지고
나무밑동처럼 남은 자리
엄마가 혼자서 레코드판으로
켜켜이 나이테를 쌓아 올리던 그 자리
그 많던 판들은 다 어디로 갔니
골목 끝으로 머리채를 붙잡고
언성을 높이던 엄마 목소리가 멀어지니까
갑자기 잡음 섞인 노래가 듣고 싶어
내가 몽땅 갖다 버렸다는데,
나는 아무래도 기억이 안 나
장롱 밑에 들어갔을지도 몰라
납작하게 엎드리면 그 옛날 보일까봐
컴컴한 밑바닥 속으로 손을 뻗어
먼지 낀 레코드판 한 장을 꺼내들었어
무뎌지면 안 돼, 까다롭게 굴어야 해
콕 하고 찌르는 바늘이 날카로워야
그래야 음악에서 빗소리가 나지 않는대

이 판에서는 남편 없으면 무시당한대
평면이 된 지구가 턴테이블 위로 돌아가지
커다란 레코드판 위로 통근버스가
바늘이 되어 골목 곳곳을 찔러
사람들의 노래를 만들어내지
그것 참, 들으면 들을수록 우리 엄마가
뜻 모르고 홍얼거리던 샹송이 생각나
화장품 가방을 들고 훑었을
후미진 골목과 가방끈 맨 자리,
푸르게 퍼진 멍 자욱이 생각나
바늘처럼 뾰족하던 엄마 목소리는
찾아봐도 들리질 않는데,
이제 내가 대신 바늘 할래
골목과 골목을 긁으며
뱅글뱅글 돌아볼래

세로줄 여자

고작 TV를 뒤집어쓴 여자야, 영영 그 속에서 나올 길 없니? 그렇다면 찢어낸 비밀의 종잇장을 붙여 만든 재밌는 모자이 크를 볼래? 택배 상자에 밀려나 덩그러니 남겨져 혼자 떠들며 펄펄 끓는!
저 핏덩이들의 이마를 누가 좀 짚어줘.

자, 무시무시한 세로줄 여자가 되자. 소싯적 아코디언 TV를 끽, 열어봐. 말캉한 밀크캐러멜 브라운관의 전원을 내리고 고요를 켜고 다 식은 브라운관에 발을 담가봐. 언젠간 도망치며 흠씬 맞아본 적 있는 세로줄 빗줄기가 와락 쏟아지는 그 거리부터 큐, 이곳의 채널은 최초의 아날로그.

만화영화 주제가를 함께 목 터져라 부르는 신기하지 않은 여자들의 붉은 뺨을 네 시 이후의 석양이라 부르네. 창가를 뛰어 넘어간 선인장을 따라 건너 달려가면 수줍은 못의 말간 얼굴을 만나네.

집 나간 적 없는 널따란 얼굴에 바람결로 새긴 곱디고운 주름 물살 위로 흩뿌려진 여린 꽃잎과 이파리들이 무지갯빛 해먹을 펼치며 아침과 밤의 셔터를 여닫네, 허공에 맺혀 있던 실거미들이 부레옥잠 사이로 뚝뚝 떨어지며 내년을 기다리네.

새카만 눈물이 순대국밥, 봄의 푸른 멍 밭. 죄 없이 돋아난 쑥갓을 뽑아 고이 눕히네.

물수제비 돌 가없이 던지다 저녁 먹을 시간 찾아 도망가는 애들…… 뒤로 보테로* 여자란 말, 대신 무얼 그려도 모자라니.

세로줄 여자, 그 영원한 채무.

---

*페르난도 보테로: 콜롬비아 출신의 화가, 조각가.

비누

　나는 비누 알에서 태어났어 엄마가 수많은 남자와 봄밤을 갉아먹는 동안 천천히 부풀어 올랐지 내 몸은 비누 알, 새겨 줘, 새겨줘 얼굴과 몸통과 팔 다리를, 눈망울을 동그란 알이 젊은 엄마의 뺨을 문지를 때마다 나는 거품을 불려, 엄마, 엄마, 쥐가 무서워 자꾸만 나를 물어뜯네, 훔쳤기 때문이야 엄마 몰래 빨간 립스틱, 빼앗아 그런 거야 엄마의 생리대, 엄마는 비누의 문구가 지워져 갈 때마다 뱃속에다 무슨 글자를 새겨 넣고 있었나? 알뜨랑 비누가 닳아 갈수록 점점 알뜰해진 대신 야위어 가는 엄마, 그녀가 서서히 마술에서 풀려가는 동안 난 마스카라를 빙글빙글 돌려 속눈썹을 빳빳이 세우고 알 속에서 버둥거렸지 굴곡진 비누의 귀퉁이가 깨지는 날, 나는 천연덕스럽게 몸을 뺐어, 텅 빈 알은 점점 얇아지고 거품은 증발해, 나는 이제 비누 향보단 향수 냄새가 좋은걸 얼룩진 거울 속 텁텁하게 일그러져 가는 내 얼굴, 흥건하게 땟물이 절어 느슨하게 걸린 얼굴을 걷어서 수챗구멍에 밀어 넣었지 오랫동안 쓰지 않은 바싹 마른 비누를 손에 집어 들어 보았어 금 간 시간이 드나들다 새겨 넣은 무늬일까? 엄마 몸속의 비눗방울을 가득 빨아먹었던 것이 글쎄, 나였지 뭐야, 얇은 비

누 막을 흔들어대다 사라진 비눗방울, 물기 없는 늙은 비누는 주름과 흉터투성이, 터져버린 방울방울

이름

이중섭미술관이 있는 언덕 위에 있던 중섭식당. 그림 잘 그리는 그 양반의 콧수염처럼 배뚜름한 지붕을 눌러썼지. 나는 붉게 녹슬고 찌그러진 그 식당 간판을 바라보다가 능글맞게 이름을 부르지. 중섭이, 중섭이 하고 부르다가 중섭이를 슬쩍 섭이, 하고 바꿔 불러봤지. 섭이는 내가 아는 늙은 이름인데 괜히 중섭이라고 부르고 싶었지. 그런데 섭이가 어쩐지 섭이라는 이름 어때서 하고 묻는 거 같아서. 좁은 나무의자 바닥에 엉덩이를 포개어 앉은 섭이가 중섭이처럼 미간을 찌푸리지. 그 얼굴로 담배를 물고 있으면 아내가 진흙으로 빚어 만든 아이를 쟁반에 담아왔어. 섭이는 아이를 쟁반에서 조심스레 떼어내어 옆자리에 앉히고 서귀포 밀물 소리를 귓바퀴에 새겨주었지. 그러면 함석 굴뚝으로 연기를 뿜던 낮은 집들이 양철 귀를 바짝 대고 엿들었지. 섭이는 이중섭을 몰라. 아랫도리 내놓은 어린 아들놈 불알 만지는 것만 좋아했지. 섭이는 중섭이 얼굴도 몰라. 그래도 미술관 계단에 앉아 은박지 속으로 동무 찾아 들어간 중섭을 기다렸지. 그러면 일렁이던 파도가 섭이 어깨로 점점 차올랐지. 나는 무엇이 그리 섭섭한지 중섭이, 섭이, 섭, 섶, 섬 하며 벌어진 입술을 착착 붙여보았지. 샐비어처럼 샐그러져 가는 저 식당에는 암만 찾아도 중섭이도 없고, 또 섭이도 없지.

기타의 아이

나는 기타의 아이, 엄마가 기타를 사랑해서 나를 잉태했다
기타 줄을 삶아 국수를 말아먹고 싶어, 밥 딜런을 좋아하는
엄마가 말했다

뱃속에 웅크려 나는 둥가둥가 피크도 없이 작은 손가락으
로 둔탁한 소리를 냈다 나무물결 얇은 벽 바깥의 소리를 듣곤
했, 엄마가 발등이 검은 남자를 데려왔다 세고비아 낡은 기타
로 만든 집 속에, 그 집의 뱃속에 까만 발가락 사이를 씻기고
얼굴에 비누를 문댔다 엄마가 남자를 사육하는 동안 밥솥의
불은 좀처럼 꺼지지 않았다 플랫을 옮기듯 좁은 계단을 밟아
올랐다 숨소리가 반음반음 높아지고 현관문이 열리면 엄마
가 다려준 셔츠를 입은 남자, 엄마가 해준 찌개를 먹고 엄마
가 빨아놓은 속옷을 입고 엄마의 허벅지에 머리를 기댔다

남자가 지붕에 걸터앉아 기타 줄을 퉁기며 캄캄하게 닫힌
밤하늘의 문고리를 비틀면 굴뚝은 별들을 빨아들였다 그 공
명통 안으로 쏟아질 것만 같았던 캄캄한 밤, 한 채의 지붕에
여자들이 울려퍼진 낭만을 소분했다

기타 줄에 매달린 빨래들이 밤바람을 조율하던 밤, 엄마의 밥을 먹고 밥 딜런이 된 남자의 몸속에서 기타 소리가 나기 시작했다 구두 굽 속에 구름을 쑤셔 넣고 셔츠 깃을 세우는 밥 딜런, 엄마는 기타 가방 속에 밥 딜런을 접어 넣고 지하상가 귀퉁이에 버렸다 그 남자 찾아와, 밤마다 담벼락 밖에서 기타 줄을 퉁기며 별의 모서리처럼 울었다

엄마는 말했다

그대를 두 번은 키우고 싶지 않아

냉장고가 울었다

동생은 제철 과일을 먹은 냉장고가 또 울음을 터뜨릴까봐 발가락으로 훔친 수건을 밀어 넣었다.

도로가 인도에는 허물 벗겨진 냉장고들이
새하얀 뻐드렁니를 빼놓고도 앓지 않은 채 빠르게 훔쳐보듯 스쳐갔다.

어디서 얻어온 블록들을 쌓던 테트리스 게임이 정지되는 시간
보이는 불을 모조리 켜두고 잠든 엄마 머리맡에 손을 짚으려다가
나는 다시 꽉 잠근 블록들을 내 멋대로 옮겼다.
현관문 손잡이를 잡을 때도 있지, 냉장고 손잡이를 잡을 때도 있지.

아니 그냥, 야경이 보고 싶어서 확 열어젖힌 냉장고 속 시커먼 저것들이, 모모 좋아하는 나 같아서. 냉동실 다진 마늘이 그냥 한통속 같아서.

혼자 한철 울다 쓰러진 매미 같아서, 쿵쿵 냄새를 다 마셔버리고 카레를 채워버리고 싶어서. 엄마 살던 고향집 창문에 딸린 벌집 밤하늘 부어놓을까 싶어서.

파리끈끈이 붙은 파리들이 버려진 글자가 울다 만 자리 같아서.

냉장고가 또 울었다.

나비매듭

늙으면 멀어지는 것이 좋아. 멀리 감치서 날 담아주는 것이 좋아. 얼굴에 낙서가 많아져서 그저 먼 것이 좋아. 늙은 울음에도 붉은 형체가 있을까. 그렇다면 혹은 푸른 철사 끈이 되어 어느 담에 늡곤 남의 집 사는 일에 참견이나 해볼까. 어느 순간 유턴된 내 길과 네 길이 면 가닥처럼 둥근 그릇 위에 엉키듯 가지런히 반짝이는 언덕배기를 틀었네. 매일 반복되듯 다시 만나는 선에는 매듭이 있어. 나처럼 축 처진 늙은 여인의 가슴처럼. 둥근 무덤처럼 늘어진 그 가슴을 감싸는 해진 브래지어의 거꾸로 맺힌 둥근 능선. 고쟁이 닮은 바지 속 딴 주머니가 되어 저 밑 어딘가 시큼 컴컴한 몇 푼을 숨겨둔 작은 방을 만들지. 늙은 닭의 붉은 볏을 보면 슬퍼지는 매듭엔 숨겨둔 날개가 있어. 내가 걷던 시장과, 내가 걷던 경비실 뒷길과 베란다의 밑 어딘가 쿰쿰 우는 매미 둥지. 깊은 단층 어딘가를 향해 자꾸만 아래로 흐르다 맺히네. 두 뺨의 능선부터 틀어진 가슴께 어디와 물렁해진 허리 어디께의 능선까지. 직선 어디께 걸어둔 주름의 굴곡, 나비매듭 고운 노리개가 바람에 흔들리고 발바닥으로 뿌리가 나려는 듯이 멀어지네. 그렇게 거꾸로 맺혀가는 매듭…… 생은 손톱거스러미처

럼 아리게 아래로 매달려 흔들리다 끊어낸 손톱처럼 튕겨져
너희들 보란 듯이 하늘에 박히고 결국엔 흰 나비만 남아.

언제든 오너라, 바다야.

어머니가 기와를 먹는다

모서리 깨진 기와 한 장, 마당에 버려져 있다
한때는 하늘을 받쳐 들고
처마 밑에 제비도 키우던 검은 기와,
누가 모서리를 베어 먹었을까
햇빛을 갉아먹던 등이 검게 굽었다
나는 어금니에 금이 간 어머니를 의심했다

국수 같은 장대비가 지붕을 두드리던 날,
어머니는 부엌에서 자글자글 기와를 구웠다
어머니의 기와에는 이끼가 가득 끼어 있었다
또 김부각이야? 내 목소리는 비 오기 전
제비처럼 꽁지 내리고 밥상 위를 낮게 날아다녔다

한 장 한 장, 접시 위에 기와집이 지어진다
나는 젓가락으로 김부각의 모서리를 부서뜨리며
빗물에 내려앉는 천장을 걱정했다
지붕의 기와에 금이 갈수록 어머니는
어금니가 아프다 했다

나는 월세가 밀린 어머니 품속에서
새끼제비처럼 입을 내밀고 묵었다

어머니는 아직도 빛나는
김부각을 고독고독 씹어 먹는다
뱃속에 고래 등 기와집을 짓고 있나
어머니가 어머니를 먹는다

국물

찜통 속의 김치찌개가 오늘따라 짜다.
가스레인지 위에 엉덩이가 새까맣게 그을린
고시원 찜통이 앉아 있다.
걸쭉한 국물을 데우면 찌개는 졸고
졸아, 나는 무거운 눈꺼풀로 의자에 앉는다.
일부러 두부만 건져 먹은 사람 모른다.
조그맣게 돋았던 혓바늘이 국물이 닿자
통증이 입 안으로 쓰리게 퍼진다.
밤마다 합판 벽 너머로 이상한 트림 소리를
흘리며 자꾸 눈을 맞추는 옆방 냄새와
장아찌 냄새 풍기는 석 달 밀린 방세가
넉 달 치라고 우기는 늙은 총무가 짜낸
엉터리 기출문제 답처럼 놀아난 구내염 빨판들.
봉지쌀을 텅텅 부어도 차지 않는 선반 위의
거대한 밥통들을 보며 생각한다.
밥통 속에서 밥을 한 주걱씩 퍼낼 때마다
나는 점점 키가 작아지는 것 같다.
찜통 속에 고개를 넣고 국물을 따라 내며

어깨가 점점 좁아지면, 넓어진 객차 안에서
아무도 모르게 웃고 뛰어다닐 수 있을 것 같다.
뒷방 여자가 숨죽은 파카만 입고 다니고
옆방 남자가 철마다 명함을 바꾸는 것도
자꾸만 작아지기 때문일지 모른다.
나는 비좁은 방문과 방문의 골목
문고리 사이를 지나 방으로 들어가
문을 꼭 걸어 잠그고 새어 들어오는
허기들을 모른 체하고 손바닥만 한 티비를 튼다.
끓이면 끓일수록 짠 밑바닥을 드러내는 찌개
이, 짠 국물, 어느 더운 동네 우물가.

울음의 페달

전갈이 되다 만 머리칼 한 움큼 버렸어.
마모된 별들이 튕겨져 도망가 버린 먹 같은 밤, 끄고.
베갯잇에 고인 침이랑 고이다 만 눈물이랑
짜고 비린 것 한 방울 한 칸, 잠갔어.

잘 자, 잘 자, 잘 자
차곡차곡 인자된 토막말은 인사도 없는데
이제껏 비가 왔던 모든 날들을 걷어 말리네.
무슨 이불을 그리도 칭칭 감았느냐고
새우잠 한번 자본 일 없느냐고 묻는 새.
잘 잤니? 난 깼어.

샴푸의 요정

앞으로 몇 번의 국물을 우려내야 할까? 손등에 붙은 미역 줄기를 부드럽게 쓰다듬는 그는 샴푸의 요정. 허리춤 앞으로 누운 사람들의 풀어헤친 머리칼을 씻겨주네. 중화제 발린 머리 위에 재스민 향 거품을 씌워볼까. 뒤집어진 눈동자와 마주치긴 싫어서 빳빳이 말린 수건 꺼내 덮을 때도 있었다고도 말했지. 긴 머리를 팔랑대던 이마 위에 물을 뿌리며 속삭여, 콧구멍과 입술도 없애줘. 의자에 몸을 맡기고 천천히 누워봐. 눈을 질끈 감으면 잠깐인걸. 온종일 가위를 들고 내가 네가 되어 머리를 잘라내면, 혹시 내가 사라질까. 혹시 뱃속에 가위 소리가 들리는 건 아닐까. 마음을 정했니? 째깍, 상해버린 끝을 자르면, 뭉텅이였던 머리칼 쥐어졌던 시간들! 흩뿌려진 머리카락들의 탯줄을 쓸어 담지. 진공청소기만 보면 나는 미안해, 텅 빈 가게에서 도마뱀을 키우고 있었을까, 생각에 생각을 지워냈고 아무리 잘라내고 도망가도 꼬리는 다시 돋아났지. 보호자 없는 엄지손가락, 샴푸대 속에서 맴돌다 빠져나가는 지문, 점점 윤곽을 드러내는 작은 눈, 코, 입. 형체도 없이 사라진 등고선들도 다시 살아나는 길을 잘 아는지 몰라서 그랬어. 수술대 불빛 뜨거운 상처도 금세 잊으라고 모았어.

가방

아버지가방에들어가시네
호흡이 멈춘 가방, 퇴근하는 가방 쏙
들어간 멸치 아빠를 찾아주세요
갈라진 껍데기 사이로 손을 넣으면
그곳엔 부러진 안경테와 눈감은 시계가
더부살이를 하죠, 행방불명된 지갑은
가끔 소화기에서 출몰합니다
잃어버린 돼지 아빠를 찾아주세요
도난당한 가방들이 춤을 춥니다

아버지가방에들어가시네
마주 댄 뿌리가 커다란 지도를 그리고
작은 나라를 만들어요 그 속에 사라진 모든 것들
고치처럼 집 짓고 있었죠 후, 그토록 즐거웠던
생일 초의 불꽃들이 모조리 나예요, 멸치 아빠를
불러주세요 그러면 곧장 아버지들이 출동합니다
사백 년 전에 어머니가 태워버린 연애편지와
할아버지가 소변 지린 장판 속에 숨겨둔

황당한 명함 한 장, 그 큰 글씨 주는
새끼돼지가 꼭 나 같았다죠

유물 같은 가방에서 그 가방 딱딱한 2층
필통 안에선 부자 아빠와 가난한 아빠가
공식을 알려준다던데,
만평부자 레제르*가 꾸지람과 모아둔
종잣돈 같은 장미를 준다고 말한다는데요
나는 등이 쩍 갈라진 허물에 빨개진
귀를 대고 쩌렁쩌렁했던
목소리 맴맴 그냥 엿듣기만 했지요
아버지가방에굼벵이처럼천천히기어들어가시네

---

*레제르: 프랑스의 대표적인 만화가. 장 마르크 레제르.

파스

등에 붙은 파스를 떼어냈더니
작은 다락에 환하게 불이 켜진다.
화해서 환한 방, 그가 어수룩한
등덜미 벽장 속 방에 살았다.
목 늘어난 티셔츠에 귀를 대고 가만히 들어보면
여린 맥박도 뛰는 방이었다.
어깻죽지 속엔 몰래 언청이 낙타를 키웠다.
바퀴자국이 난 언덕을 넘었고 선인장을 삼켰다.
피어오르다 팡 터지는 신기루, 땀 맺힌 전기요
군불을 때던 온돌을 생각하다가 잠들었다.
칼 갈은 더위, 폴폴 피어오르는 점심 냄새.
파스 속 작은 다락은 더 뜨겁고 쓰리게 불을 지폈다.
사각의 땟자국이 무른 살갗을 품은 그 자리,
어긋난 근육들이 비켜가며 울컥 대들다 멍든 자리.
아려오는 코끝을 매만지며 식은 벽과 등을
맞대고 돌아눕고 닥쳐온 건물에게서 등진 자리.
파스 속 하얗게 질린 살갗까지 만이라도 물러내 달라고
묻는다, 잡아 떼어내면 껍질 속에 몸을 감추고 있던

수많은 방들

깊은 속눈썹으로 끔뻑거리던 그가, 지친 네 다리를

철퍼덕 뻗고 복개한 사거리로 누워버린다.

옹이 발가락을 가진 낙타 한 마리,

눈언저리가 매운.

그녀가 돌아눕는다

어깨 너머로 담벼락이 자라고 있었다. 그런 줄도 모르고 그저 걷고 걸었다. 더 이상 정수리를 기대며 성장을 기록하지 않았는데도 담벼락은 자꾸만 자랐다. 나는 나의 낮보다 타인의 저녁을 즐겨 들었다.

어떤 여인이 틀어놓은 라디오 소리나 그 소리 너머로 개 짖는 소리, 달이 넘어가는 소리, 당신이 돌아눕는 소리, 그런 저녁을 외웠다.

가로등 전구의 필라멘트가 봄꽃처럼 터지는 시간을 몸으로 기억하고 창문을 열었다. 가끔은 오래전 꿈속의 푸른 대문이 새벽바람에 끽끽 울어대는 소리를 녹음하며 습관적으로 주름을 만들었다. 벽 너머 어머니가 여러 밤을 뒤척이며 돌아눕는 소리로 슬픈 시절을 배웠다.

그런 시절을 닮은 어떤 여자의 손목을 잡았다. 담벼락과 담벼락이 이어지는 그런 어떤 모퉁이에 작은 식탁 하나, 의자 두 개, 땡 하고 새벽 네 시에 돌아가는 전자레인지 종소리까지 모두 들여놓고 함께 같은 하늘을 보고 같은 저녁으로 물들어 가자고 말했다. 그렇게 나는 담벼락을 벗어나는 법을 배우지 않은 채 그녀와 함께 계절을 외웠다.

대금 골목처럼 좁고 깊은 연애를 배웠다.
아버지의 소주 같은 투명한 밤바다, 횡적을 걷다가 비틀거리다 안기는 법밖에 모르는 그 통로의 내력처럼 늙는 법을 베껴가며 주름의 습관을 만들었다.

습관처럼 저녁을 켜다가 어떤 여인의 골목이 되었다.
걸어 들어온 그녀가 돌아눕는다.

섬섬옥수

바다를 가로질러 보았나요? 배 밀고 지나간 자리, 물살의 늑골을, 시동 건 여객선이 들어가면 늘어나는 빗장을요. 걸어 잠그듯 늘어나는 순간의 뼈대, 물결 주름을요.

보았나요? 새어든 햇볕 줄기가 쏟아지면 포말 근처에 반짝 반짝 맺힌 빛 방울들, 목걸이 낚싯줄에서 빠진 크리스털, 몇 알을요.

어머니와 어머님에게도 부업과 부업에도 간극이 있지요. 벌린 폴리백에 들어가는 생선 아가리 같은 온 가족의 집게손들, 반쯤 열린 문틈으로 비린 공기가 새어 들어오는 사이에도 저녁은 돌아왔더랬지요.

불덩이 같은 해가 오른쪽에서 왼쪽으로 출퇴근하는 동안, 구겼다 살살 펼쳐놓은 포일 같은 호일의 위로 쏘아 올려 뱉어논 몇 마디를 또 받아놓고선 감쌌지요.

이윽고 그 섬에 도착하면 그 거대한 해안, 흙벽을 기억하는 손등. 마중 나온 모난 돌 뭉뚝 돌 사이를 툭 붉어져 흐르던 푸른 핏줄. 그런 마디의 이끼가요. 자색 펄 매니큐어가 지워져 간 손톱 자리, 손가락에 착 붙어 떨어지지 않던 그 마늘 껍질과 내 어머니의 하나도 안 흔한 손마디가요.

잊어버린 마디를 이어요. 오늘은 소녀의 기도를 들려줄래, 말했던 날들을 타닥이며 펜을 들고선 흥얼거리며 그리죠. 전주 모르고, 바다르체프스카도 몰라도요. 서로 이마 짚듯 얹는 손등 위 손등. 잡곡밥을 짓던 어린 소녀의 맥박 소리를 애써 모른 체하던 오후가요.

오늘의 파마

오빠와 엄마의 뒤통수가 억세게 닮았다.
엄마와 오빠의 뒤통수 이 간격에서
본 일은 또 언제인가.
그러면서 생각한다, 지지고 볶는 것 중에
그래도 오래가는 것이 파마가 아닐까.
볶는다는 것, 세게 쥐면 툭 하고 튕겨 나갈 것 같은
생두 몇십 알 데려다가 볶는 것은 어쩐지 우아해.
하루에 몇 가닥이고 끊어버릴 수 있는 분신.
그렇다고 모조리 포기 배추통처럼
휘어잡아! 뽑아버릴 수는 없네……

어머니의 억세게 짓이겨진 그런 숏 컷의 파마머리처럼
어떠한 일에도 짧게 토스해버릴 어떤 장치. 부아가 담긴 어
떤 찜통에 화끈하게 삶아낸 것 같은 그런 양배추 같은 머리통
두 알.
어느새 내 앞을 저만치 앞질러 간다. 어느 두 칸 방, 배부른,
어린 경상도 새댁 하이힐의 새까맣게 타들어 간 나이아가라
폭포처럼. 구불구불 거친 철수세미같이 꺾이고 엮인 길, 그렇

게 깡깡 구부러져 보듬은 머리칼!

실업 없이.

오늘의 커피 한 잔을 진하게 소주처럼 마셔줄 친구 하나 없
는 오후 세 시. 오늘, 파마한다. 어쩐지 내 머리칼에서 머리끝
까지 올라오는 길이 그리 곱지 않아.

심술부리듯 오후 다 가고.

아무에게도 피해 주지 않는 선에서 가느다랗고 곱게 뻗은
마, 한 가닥, 한 가닥 그 수백 칼의 성질을 모조리 구겨버릴.

조금 촌스러운, 가족 말

  새로 사온 빈티지 라디오의 주파수 못 찾는 이마에 손을 짚어본다.

  오래전 잊어버린 번지수를 기억하는 날씨만 아득한 봄날. 문 있는 가구란 모든 가구에 전단지처럼 포구를 잽싸게 붙이다 영영 도망 왔더니 이 식탁, 아득.

  푸르게 멍든 대문, 압류된 바다 냄새……
  현관문 여닫는 소리.
  자전거, 파지, 플라스틱 성형 콜라 페트병. 고쳐 쓸 만한 구닥다리 에어컨, 뭐 하나 덤벼 가득 안아주지 못해. 뭔 기술이라도, 뭔 시집이라도. 알뜰살뜰 곱게 접어 멀리멀리 비행기 태워 보내.

  말이야, 막걸리야.
  그건 무엇이 참 슬프다는 말.
  뜻 모르던 샹송 부르듯 그때도 똑같이 읊어, 자꾸만 했던 말 똑 닮은 말, 같아도 다 다른 말. 똑 다른 표정으로 한글 학자처럼 옹알이를 시작할까. 다 같이 앉을 시간 아직도 없다는 말, 먼저 옻칠한 뒤집개로 툭하고 뒤집기를 시작해.

떼다, 함께. 잦바듬한 뒷걸음을.

감자의 능선

뜨거운 적도에 싹이 올랐다

노인의 양철집 뒤꼍에서 뒹굴던 감자 한 알, 뜰의 가장 후미진 곳에서 썩어가던 둥근 땅에 푸른 눈이 돋았다 탱탱한 하지감자로 가득 찬 자루에서 굴러떨어졌을 행성의 표면엔 자글자글한 고랑이 가득 파여 있다 누가 이 작은 땅덩이에 쟁기를 끌어 밭을 일구었을까

홀로 늙어가는 이 집처럼 감자의 주름이 깊다 나는 가득 찬 감자 자루에서 굴러떨어졌을 행성을 주워 든다 울퉁불퉁 일그러진 감자알 속에서 할머니가 돋아난 가시 없이 구부러진 등을 내밀고 웅크려 앉아 호미질을 한다 감자는 꽃이 피는 족족 따줘야 알이 굵어진단다, 할머니가 하얀 수건 머리에 두르고 감자꽃처럼 웃다가 굽은 길을 걸어 움푹 파인 감자의 눈으로 들어간다

할머니는 없고, 잘라내던 꽃송이가 떨어진 자리마다 땅속에서 꿈꾸던 알들이 동그랗게 부풀어 오른다 쭈글쭈글해진

감자의 껍질이 허물을 벗고 떠난 마지막 이부자리

새까만 저녁은 밭고랑을 세듯 더디게 오고 감자에 드리운
그림자도 천천히 짙어진다

쿵

문틈 사이로 차가운 공기
스멀스멀 입말이 안 예뻐서
새어 들어오든 오지 않아도 되던 그런 거
무거운 시장봉투 던져 내려놓는 거보다
그래서 반짝반짝 플랫 구두코 보는 게
좋은 그런 거, 여름인데 겨울 같아 뭐 그런 거
달각이 뭐야 부각이여 뭐어 부각은 또 뭐여
엄마, 달부각 튀겨줘
자꾸자꾸 어린 양 피우고 그러다
리어카 끄는 거 아니고 타는 거
귀엽게 붙어 떨어지지도 않는 만성요일
병 말고 캔 말고, 다정한 친구, 어른들 목소리
살벌달콤한 애호박 상표 같은 거
쭈그려 앉은 사이다 종아리에 툭 불거진 알통 같은 거
너 말고 고거 시원한 냉장고에 서서 봤던
녹아내리는 마늘 샤베트 닮은 고런 거
진짜, 마늘 맛, 꼭 다진 것 같은 거
미안한데 기억 니은 디귿자 그런 가구는 이제

할머니 꺼
자꾸만 안 속으려고 말아든 잡지
그래도, 이왕이면 호칭은 한 그릇에 깬
아버님 몫, 들어온 대로 벗어둔 두 켤레
정리 안 된 듯이 또, 왜, 뭐

발자국이 닮았다

토성 고리

곰스크행 기차표를 잃은 당신에게 드려요
토코필라에 간다는 것은 살아갈 힘이 있다는 것이에요
달팽이처럼 느리게 살겠단 것이에요
다시는 싸우기 싫단 얘기예요
어쩌면 그곳의 처음으로 돌아간단 말일지도 몰라요
어느덧 우리는 그 고리 속에 줄지어 살고 있었단 얘기죠
어떤 고리는 줄지어 청약 부금을 먼저 바꿔 타 가고
어떤 고리는 숫자의 바깥에서 어느 둘레를 걷겠죠
참다 보면 내 고리도 언 울음을 터뜨리며
조각구름 씻기는 하늘이 되겠죠

내 안의 상처와 고통은 어디에 있나요?

조동범(시인)

　자신의 내면에 새겨진 상처를 응시하는 자가 있다. 상처는 오래되고 깊은 것이지만 그는 상처를 바라보며 통곡하거나 고통에 얼굴을 일그러뜨리지 않는다. 상처는 처음부터 시인의 내면에 있었던 것처럼 시인과 한 몸이 되어 세계를 응시한다. 그러나 시인과 한 몸인 상처는 그 모든 서글픔과 고통에도 불구하고 소리 내어 통곡하지 않는다. 상처는 분명 고통스러운 것이지만 내면에서 삭히고 감내해야 하는 것들처럼 고요히 우리의 삶과 세계를 응시한다. 하지만 상처를 바라보는 시선은 결코 패배자의 그것이 아니다. 오히려 상처로 가득한 삶과 세계를 포용하며 상처 너머의 세계를 우리 앞에 보여주고자 한다.

조율의 『우산은 오는데 비는 없고』는 시적 화자인 시인의 내면으로 수렴되는 상처와 고통에 대한 자기 고백이다. 그러나 고백을 통해 발화하는 상처임에도 불구하고 그것은 패배의 양상으로 전이되지 않는다. 물론 상처와 고통을 적극적으로 거부하고 벗어나려는 태도 역시 나타나지 않지만 시인은 자신만의 방식으로 상처와 고통을 어루만지려 한다. 시인은 내면을 향해 발화하는 상처에 대해 외부를 향하여 적극적으로 말하지 않는다. 그리하여 내면에 도달한 시인의 음성은 낮고 은밀하며 고요하고 차분하다. 이때 시인의 음성은 대체적으로 개인의 내면을 향해 관심을 기울인다.

개인의 상처와 고통에 대한 이야기는 대체적으로 개인 서사를 기반으로 하는 경우가 많다. 특히 첫 시집인 경우에 그러한 특성은 더욱 강하게 나타난다. 조율의 첫 시집 『우산은 오는데 비는 없고』의 세계가 응시하는 곳은 시인의 내부이다. 그런 만큼 시인 개인의 이야기를 재현하고자 하는 작품이 다수를 차지한다. 그러나 개인의 상처를 주로 다루고 있는 조율의 시는 시인의 삶이라는 구체적인 '사건'으로서의 개인 서사를 전면에 내세우지 않는다. 그의 시는 개인적 '사건'으로서의 상처를 보여주기보다 시인의 내부에 자리 잡은 내면의 모습을 통해 드러나기를 희망한다.

상처는 대체적으로 개인이 경험한 공간이나 시간으로부터 비롯되는 경우가 많다. 시에 등장하는 상처의 유형은 개인 서사의 회고를 기반으로 하는 경우가 많다. 시인이 경험한 과거의 체험은 구체적인 사건을 동반하며 시적 감각을 보여준다. 그런데 조율의 시는 이러한 구체적 회고 이미지에 기대지 않는다. 심지어 어머니를 비롯한 가족 서사의 경우에도, 우리가 흔히 경험하게 되는 기억과 경험으로서의 '사건'을 동반하지 않는다는 점에서 특별하다. 그리고 이러한 개인 서사의 특별함은 시인의 고유한 개성이 되어 하나의 매혹적인 세계를 우리 앞에 펼쳐놓는다.

이윽고 그 섬에 도착하면 그 거대한 해안, 흙벽을 기억하는 손등. 마중 나온 모난 돌 뭉뚝 돌 사이를 툭 붉어져 흐르던 푸른 핏줄. 그런 마디의 이끼가요. 자색 펄 매니큐어가 지워져간 손톱 자리, 손가락에 착 붙어 떨어지지 않던 그 마늘 껍질과 내 어머니의 하나도 안 흔한 손마디가요.

잊어버린 마디를 이어요. 오늘은 소녀의 기도를 들려줄래, 말했던 날들을 타닥이며 펜을 들고선 흥얼거리며 그리죠. 전주 모르고, 바다르체프스카도 몰라도요. 서로 이마 짚듯 없는 손등 위 손등. 잡곡밥을 짓던 어린 소녀의 맥박 소리를 애써 모른 체하던 오후가요.

―「섬섬옥수」 부분

115

조율의 시가 제시하는 상처는 철저하게 내면을 향해 있다. 그리고 내면을 향해 발아하는 슬픔은 시인의 곁에 머물며 상처받은 자아의 아픔을 우리 앞에 펼쳐놓으려 한다. 그런 점에서 조율의 시집 『우산은 오는데 비는 없고』는 슬픔이라는 이름의 기록이자 처절한 아픔이다. 내면을 향한 자아의 상처는 마치 "바다를 가로질러" 도착한 망망대해 섬에서의 막막함처럼 다가온다. 섬에서 겪게 되는 상처처럼, 시인은 외부로 나아갈 수 없는 고통을 마주하게 된다. 그러나 고통 앞에서 시인은 좌절하지 않는다. 고통을 적극적으로 헤쳐 나가려는 모습은 아니지만 내부로 침잠하는 고통을 기꺼이 끌어안으려 한다.

섬은 바다 너머에 외롭게 존재하는 단독자이며 육지로부터 떨어진 곳에 존재하는 유폐의 공간이기도 하다. 섬은 바다를 향해 열려 있는 공간이지만 동시에 바다에 둘러싸여 닫힌, 나아갈 수 없는 곳이기도 하다. 그리하여 육지와 떨어져 있는 섬은 유배된 자의 그것처럼 쓸쓸하고 막막한 자아의 심정과 닮아 있는 곳이다. 섬을 향해 나아가는 자의 항로는 외부를 향하는 것이지만 사실 그것은 육지로부터 한없이 멀어지는 것이기도 하다. 시인의 시적 정서는 바로 이와 같은 섬의 특성과 닮아 있다.

육지로부터 멀어지는 자아는 다시는 돌아갈 수 없는 수평선 너머의 미지 앞에서 절망에 이르게 된다. 섬에 도착하여 만나게 되는 것은 "거대한 해안"이라는 절망과 "흙벽을 기억하는 손등"의 회한과 "마중 나온 모난 돌"의 고통이다. 시인은 어쩌면 "뭉뚝 돌 사이를 툭 붉어져 흐르던 푸른 핏줄"에서 오래전에 잊힌 기억을 소환하고 싶었을지도 모른다. 기억은 먼 곳에 있지만 시인에게 상처는 여전히 현재진행형이다. 시인은 여전히 상처 주위를 배회하며 먼 곳에 있는 기억을 잊지 않으려 한다.

장난감 병정들이 얼굴을 질근질근 밟아줬으면 좋겠어

밟은 땅마다 새하얀 전등이 켜졌으면 좋겠어

아니 목련꽃 냄새가 났으면 어떨까

그것이 우리의 분위기라고

알아챘으면 좋겠어

밝고 밝아서 여린 풀들은 없었으면 좋겠어

저기 먼 곳 간 할아버지가 풀 뽑는 바닥이 내 얼굴이었

음 좋겠어

할아버지 누운 봉긋한 그곳이 내 이마였으면 좋겠어

내 얼굴에 쑥을 뽑아서

쑥버무리 함께해 먹을 사람 찾아왔으면 좋겠어

배춧잎 문대도 돌아오지 않는 내 얼굴에

가없이 불을 켜줬으면 좋겠어

―「멜라스치에나공화국」 전문

과연 시인에게 상처는 무엇일까? 내면을 지향하는 시인의 상처는 왜 외부를 향하여 고통을 토로하지 않는가? 그것은 시인 자신의 성정과 연관이 있는 듯 보이기도 하지만 시적 정서와 시인 자신을 일치시키려는 시적 의도의 결과물이기도 하다. 조율의 시는 대체적으로 시인 자신과 시적 대상이 하나의 자장 안에서 어우러지며 시적 세계를 만들어낸다. 시인의 내면을 향해 시적 세계가 나아간다는 점에서 조율의 시는 언뜻 동일시의 경험으로 비칠 수도 있지만, 시인 자신의 감정이 시적 대상에 노골적으로 투사되지 않는다는 점에서 그것은 동일시의 경험과 전적으로 부합하지는 않는다.

다만 그의 시는 감정을 외부로 발산하기보다 자신 안으로 수렴하여 이해하려는 태도를 보인다. 그런 점 때문에 시적 화자와 시인의 감정이 동일한 곳에 놓인 것만 같은 느낌을 주기도 한다. 하지만 시인은 끊임없이 일인칭 화자인 '나'로부터 벗어나려고 한다. 「멜라스치에나공화국」에 등장하는 일인칭 화자와 할아버지는 우리가 흔하게 접할 수 있는 가족 서사의 감각과 일정한 거리를 둔 채 낯선 감각을 소환한다. 시인과 시적 화자의 태도에서 연민과 같은 정서가 일부 느껴지기도 하지만 상처를 수긍하려는 시인의 태도는 우리에게 상투적이지 않은 공감을 불러일으킨다. 그런 점에서 조율 시에 등장하는 상처받는 자아는 고통 속에 있지만 시 속의 슬픔이 전면에 부각되지는 않는다.

이윽고 새까맣게 탄 감자처럼 굳어버린 몸, 이불 속에
화석만 남기고 침묵 속으로 떠난 여자들도, 나는 숱하게
보았지. 평평하게 퍼진 침묵 위로 두드러기같이 솟은 무
덤들, 할 말을 묻어둔 채 천장만 바라보다 함께 간 처진
가슴 옆 옴팡집.

나는 내게 말했지 깊은 밑바닥에 누워서 보이는 게 있
다면 그건 바로 천장뿐이라고, 침묵을 내리밟았지.

세상에서 제일 독한 감자를 캐낸 그 동그랗고 좁던 무
덤.

뜨겁게 점화되고 남은 그 자리의 가슴으로

보이지 않던 것들이 읽어내기 시작했어.

—「덩이」 부분

또한 시인의 상처는 주로 여성 화자를 통해 발현되는데, 이
것은 여성 자신이 아니라면 알 수 없는 상처의 첨예함과도 맞
물린다. 여성 화자를 통해 나타나는 상처의 양상이 강렬하지
는 않지만 그 안에 내장되어 있는 상처의 크기는 그 어떤 작
품보다 절박하다. 시인이 인식하고 있는 상처와 고통은 어떤
점에서 여성의 문제와도 긴밀하게 연결된다. 물론 이때 나타
나는 여성의 문제는 시인의 발성이 내부를 지향하는 것과 같
이 외적으로 강렬하게 드러나지는 않는다. 하지만 시집 전반
에 이러한 정서를 일관되게 유지함으로써 우리는 여성이 겪

어야 했던 아픔을 목도하게 된다. 그리고 이러한 여성의 목소리는 가족 서사에서도 중요하게 작용한다. 조율 시의 가족 서사에서 중요한 지점을 차지하고 있는 것은 여성으로서의 어머니에 대한 발성이다.

나는 비누 알에서 태어났어 엄마가 수많은 남자와 봄밤을 갉아먹는 동안 천천히 부풀어 올랐지 내 몸은 비누 알, 새겨줘, 새겨줘 얼굴과 몸통과 팔 다리를, 눈망울을 동그란 알이 젊은 엄마의 뺨을 문지를 때마다 나는 거품을 불려, 엄마, 엄마, 쥐가 무서워 자꾸만 나를 물어뜯네, 훔쳤기 때문이야 엄마 몰래 빨간 립스틱, 빼앗아 그런 거야 엄마의 생리대, 엄마는 비누의 문구가 지워져 갈 때마다 뱃속에다 무슨 글자를 새겨 넣고 있었나? 알뜨랑 비누가 닳아 갈수록 점점 알뜰해진 대신 야위어 가는 엄마, 그녀가 서서히 마술에서 풀려가는 동안 난 마스카라를 빙글빙글 돌려 속눈썹을 빳빳이 세우고 알 속에서 버둥거렸지

—「비누」 부분

한 장 한 장, 접시 위에 기와집이 지어진다
나는 젓가락으로 김부각의 모서리를 부서뜨리며
빗물에 내려앉는 천장을 걱정했다
지붕의 기와에 금이 갈수록 어머니는

어금니가 아프다 했다

나는 월세가 밀린 어머니 품속에서

새끼제비처럼 입을 내밀고 묵었다

어머니는 아직도 빛나는

김부각을 고독고독 씹어 먹는다

뱃속에 고래 등 기와집을 짓고 있나

어머니가 어머니를 먹는다

―「어머니가 기와를 먹는다」 부분

　조율의 시에는 가족 서사가 많이 등장하지만 일반적인 가족 서사의 모습과는 다른 양상을 보인다. 일반적인 가족 서사가 나와 관계를 맺는 가족을 중심으로 펼쳐진다면 조율의 가족 서사는 (거의 전적으로) 시인 자신을 향해 발화한다. 그런 점에서 조율 시에 등장하는 어머니는 시인 자신이기도 하다. 시인은 어머니와 자신을 동일시하고 있다. 그에게 어머니는 자신과 다른 세계에서 다른 상처를 지니고 살아가는 존재가 아니다. 시인에게 어머니는 자기 자신이며, 작품 속 어머니 역시 스스로를 시인과 동일한 존재로 인지하는 것처럼 느껴진다. 시인과 어머니는 단단한 연대를 이루고 하나의 세계를 공유함으로써 동일한 자아로 인식된다. 물론 이때에도 어머니의 서사가 구체적으로 드러나지는 않는다. 그것은 시인 자신의 이야기를 구체화시키지 않는 것과 동일한데, 그럼으로써 어머니의 상처는 여성 주체의 보다 본질적인 세계를 지향할 수 있게 된다. 「비누」와 「어머니가 기와를 먹는다」에서 시적 화자인 '나'와 '어머니'는 분리되어 있는 존재이지만 그 둘은 하나의 세계 안에서 동일한 경험을 하고 동일한 고통과 슬픔을 공유하는 존재이다.

> 어느 날 젖은 빨래로 오늘의 운명을 단정히 개어놓는 나를 발견하면. 다림질로 다리고 다리다 끝내 깊은 밤하늘의 새까맣게 젖은 바짓단을 다려내자. 굽이굽이 접어놓았던 그 길, 그 신통방통한 다리미로 늘려내자. 아득한 옛집 번지수가 촘촘하게 수놓인 그 가슴께 주머니, 더듬자. 뜨겁고도 지그시 눌러 펴자. 한 손으로 휘어잡아 뽑아버린 코드 놓고 슬프게 도망가는 밤이 와도 이내 돌아올 그 거리.
>
> —「이달의 거리」 부분

이제 시인의 상처는 어느 곳에 도달하고 싶은가? 그리고 자신의 어떤 모습을 발견하고 싶은 것일까? 끝도 없이 내면을 향해 침잠하던 그의 상처가 가닿은 곳은 그 모든 상처와 고통에도 불구하고 돌아올 수밖에 없는 절박한 삶의 지점이다. 우리가 삶을 버릴 수 없는 것처럼, 그 모든 고통 가운데에서

도 시인은 결코 자신의 삶을 버릴 수 없다. 「이달의 거리」에 나타난 권유형 진술의 발화는 그래서 더욱 절실하게 우리의 마음으로 다가온다. 모든 아픔에도 불구하고 시인이 말하고자 하는 것은 긍정의 태도인 것이다.

그러나 시인이 세계와 자기 자신을 바라보는 태도는 일견 소극적인 것처럼 보인다. 하지만 다르게 보자면 그것은 삶의 상처와 고통의 극한을 경험한 자만이 취할 수 있는 태도일 수도 있다. 소극적인 패배자로서의 태도가 아니라 자신의 삶과 상처를 비로소 볼 수 있게 된 이들만이 취할 수 있는 그 어떤 경지와도 같은 것이리라.

대낮이 금지되었습니다
민방위훈련이 시작되었습니다
사이렌이 울리면 우리는 이제 성장하러 갑니다
적막에게 방어 자세를 배우러 갑니다

하늘, 망망대로에 일제히 줄선 벚나무들의 여린 꽃잎들은 두드러기처럼 번져나가고, 사차선 도로가 팔차선이 되도록 옹알이만 반복합니다 물렁한 잇몸 속 숨겨진 이빨이 돋아날 때를 이제야 몸으로 알아챌 때쯤 주류 배달 트럭이 지나갔어요 우리는 참 얄궂게도 방지턱을 씹었죠 공단 지나는 버스 안에서, 옛날 다리 고가도로를 오르는 택시 안에서, 혹은 저 멀리 멜라스치에나공화국에 남겨둔 망루에서 그렇게 우리는 서로 모르는 척 알아가고, 우리는 사이렌이 우회하는 계약직 찜통 버스 안에 서로 모르는 척 또 모여, 하얀 티셔츠 속 겨드랑이에 비집고 돋아나는 어린 털은 비밀을 모르고, 데구루루, 우리는 제자리걸음으로 아스팔트 둘둘 말아 요지로 꽂고선 전진 또 전진! 애석하게도 부딪히는데 돌아선 빗물, 우리는 무엇을 수습하고 있나요

공습경보, 우리는 이제 잠시 금지되었습니다
15분의 적막을 따라갑니다 대낮은 우리를 키웠지만
우리는 금지될 필요가 있습니다 온 동네 모퉁이란
모퉁이는 모조리 모아 기어이 파고드는
우리에게는 대낮을 꺼둘 스위치가 필요합니다
뒤죽박죽을 관통하는 사이렌
정당방위입니다 그러나 적막이 풀리면
나는 어디로 가야 하나요
                                    ―「금지된 대낮」 전문

　공습경보가 울리는 "금지된 대낮"과 같은 날들이 지나간다. 그것에서 우리들은 "금지"된 세계를 맞닥뜨리고 절망하기도 한다. 사이렌이 그치면 우리는 과연 "어디로 가야 하"는가?

과연 이곳에 갈 곳이 있기는 한 것인가? 시인에게 지상은 섬처럼 유폐된 곳이면서 동시에 "금지된 대낮"과도 같은 곳이다. 금지된 곳에서 겪는 모든 삶은 상처일 수밖에 없고, 상처를 안고 사는 삶은 갈 곳을 잃고 헤매는 것일 수밖에 없다. 상처와 고통 속에 있는 시인이 서 있는 곳은 "금지된 대낮"인데, 이곳에서 시인은 어디로 가야 할지 막막하기만 하다. 그리하여 시인은 "나는 어디로 가야 하"냐는 질문을 던진다.

그러나 시인은 자신이 가야 할 곳을 모르지 않는다. 일상의 모든 비루함에도 불구하고 결국 견뎌야 한다는 것을 누구보다 잘 알고 있다. 우리의 삶을 이루고 있는 모든 것은 "금지된" 것들이지만 오히려 "금지된" 세계이기 때문에 삶을 견뎌야만 한다는 것을 시인은 잘 알고 있다. "망망대로"에 홀로 서 있는 것은 누구인가? 우리들은 "일제히 줄선 벚나무들의 여린 꽃잎들"처럼 상처 앞에 무기력하지만, 그런 가운데에서도 "전진 또 전진"하며 상처를 견뎌야만 한다. 그렇게 견딜 때라야 상처와 고통을 넘어설 수 있는 초극의 힘이 우리 앞에 당도할 것이리라.

이 도서의 국립중앙도서관 출판시도서목록(CIP)은 서지정보유통지원시스템 홈페이지
(http://seoji.nl.go.kr)와 국가자료공동목록시스템(http://www.nl.go.kr/kolisnet)에서
이용하실 수 있습니다.(CIP제어번호: CIP2019010065)

시인동네 시인선 107

우산은 오는데 비는 없고

ⓒ 조율

초판 1쇄 발행 2019년 4월 8일

초판 2쇄 발행 2019년 10월 23일

지은이 조율

펴낸이 고영

책임편집 서윤후

디자인 헤이존

펴낸곳 문학의전당

출판등록 제2017-000002호

주소 서울시 마포구 마포대로 11길 91, 3층

전화 02-852-1977   팩스 02-852-1978

전자우편 sbpoem@naver.com

ISBN 979-11-5896-415-3   03810

*이 시집은 〈2019 문학나눔 도서보급사업〉에 선정되었습니다.

시인동네 시인선 107

조율 시집

우산은 오는데 비는 없고

시인동네

우산은 오는데 비는 없고

조율 시집